le village.Matouret

Vincent Es-Sadeq

le village.Matouret

éditions LansKine

voilà ce que je te donne à lire.

j'ai commandé beaucoup de choses pour toi.tu as un village entre les mains.

le matin je vais vers le village.

il dit fais-moi vivre.

champs d'arbres fruitiers.

terrains viabilisés avec eau et électricité.maisons familiales.

pour l'intérieur des maisons j'ai fait plusieurs plans.

abris de fenêtre.rampes d'escalier.

maisons entièrement équipées.rideaux.fauteuils.nombreuses chaises.

apparences de chaises.

habitants.sourds.muets.valides.autres gens.

nombreux animaux.clapiers.

j'ai fait pour tout et pour tout le monde.

corps.nez qui saignent.articulations.dents dures comme le silex.

béquilles pour malades.nombreux médicaments pour malades.

esprits.synapses.ombres.grincements.inquiétudes.

choses essentielles.choses utiles.choses accessoires.

détails.décorations.corbeilles de fruits.cadeaux à détacher.surprises.

nombreux pétales.nombreux petits dessins.

espaces.places.parkings et fontaines.

on peut y pratiquer le sport et les loisirs.le travail.

repas à partager ensemble.

le village dit allez fais-moi vivre.

quand je suis prêt je sors de ma chambre.le village passe à la table.

serviettes.fond musical.bruits de fourchettes et de cuillères.huile.vinaigre.

je sers le plat chaud.le village mange les œufs en omelette.le village pique les légumes.le village demande un peu de pain.le village propose de l'eau à son voisin.le village prend du fromage à tartiner.yaourt.eau chaude pour le thé. tisane.café soluble.

le village fait la vaisselle.bassine verte pour les assiettes les verres et les plats. bassine grise pour les couverts.le village nettoie à l'eau savonneuse.il essuie avec le chiffon.passe le chiffon mouillé sur la table.le met à sécher sur le fil à linge.le village range tout dans la grande armoire.

près du village tu es là.près du village tu es tranquille.près du village tu vas bien.près du village tu ne fais pas la différence.près du village tu n'es pas triste.la patience arrive à tout.c'est un plaisir simple.

comme le ciel je m'étends sur le village.

village sous le ciel.tout le village sous le ciel.ciel de toutes les heures.

sommeil.nuits.nombreuses nuits.

cheveux emmêlés dans le lit.jambes dépassant du lit.pieds chauds.

tout est connu.le village s'ouvrira.

.jour.

salut au premier héros.le lieutenant-aviateur.

champ de blé.champ où il tomba.l'aviateur est venu trouver dans le village
une mort glorieuse à vingt ans.émouvante cérémonie dans le champ où
le lieutenant américain tomba.tenant dans leurs bras des gerbes de fleurs
multicolores les enfants de l'école se sont groupés autour de la tombe.
ils sont fiers qu'il ait pu montrer sa valeur avant que la mort l'ait frappé.
voilà le silence.

matins.le village ne bouge pas encore.repousser la main.ne pas encore tenir sur ses pieds.

nombreuses journées.mais plan unique du village.temps unique du village.

nombreuses paroles.paroles du village.histoires.histoires tristes.plusieurs histoires pour le village.nombreuses histoires.mêmes histoires.toujours les mêmes histoires.choses vraies qui ont eu lieu.

profitant du sommeil de sa femme quelqu'un se noya dans sa baignoire.il était aveugle depuis tout enfant.où sont passés les deux petits chiens.en voulant boire ils se sont noyés dans le bassin.un jour que Matouret perd la tête comme un ouragan il entre et dit il faut que ça finisse.

celui-là a fait preuve de sang-froid et de courage en secourant un homme qui ne parvenait pas à regagner la rive.au risque de se blesser gravement il s'est jeté à l'eau pour saisir et ramener un homme qui se noyait.il n'hésite pas à se jeter dans l'eau tout habillé au sortir de la table par un froid rigoureux pour secourir un homme tombé dans la rivière.il tombe gravement malade à la suite de son acte de dévouement.bien que mutilé de la jambe et du bras droit il a porté secours et ramené le corps d'un malheureux au prix de sérieux efforts.

anciennes personnes perdant la tête.anciennes personnes tombées dans le bassin.anciennes personnes tombées dans la cuve.anciennes personnes tombées dans la baignoire.par désespoir anciennes personnes se jetant dans la rivière.héros se jetant dans la rivière par amour du village.

remerciements.

tu as la vie des anciennes personnes du village entre les mains.tu les soulèves hors de leurs têtes.hors des bassins.hors des cuves.hors des rivières.tu as le village entre les mains.

je suis là dit le village.

soirs.soirs encore.encore soirs.rongeurs.

longues pattes.têtes poilues.corps ronds.araignées.toutes araignées.

nids d'araignées.

mères des araignées.pères des araignées.enfants des araignées.

royaume des araignées.princes des araignées.sujets des araignées.

lois des araignées.

ciels.autres ciels.

ciels gris.ciels lourds.ciels bas.ciels d'orages.

fais-moi peur dit le village.

vent.coups de vent.nuages par-dessus tête.nombreux nuages.intempéries. beaucoup d'eau.toits qui s'envolent.appels d'urgence.véhicules prioritaires. secouristes.pompiers.

morts.nombreux morts.arbres s'abattant sur les morts.morts emportés loin du village.coulées de boue.ciels de traîne.

dégâts.nombreux dégâts.dégâts innombrables.

répare-moi dit le village.

j'enlève les traces des tempêtes.

odeurs.petites branches.pommes de pin.

souches.pierres.briques.parpaings.ferrailles.panneaux toutes directions.

je démonte le village.je débarrasse le village.

bennes.brouettes.

je cherche le village.je ranime le village.je plante n'importe quel arbre avec ses racines.arbres solides.arbres qui résistent au vent.

échafaudages.réparations.rétablissement du village.

pas de traces.vies.morts.derniers souffles.

aujourd'hui est décédé un père en présence de son fils.

aujourd'hui est décédée une mère en présence de son fils.

pas morts.jamais morts.je ne m'occupe plus de ça dit le village.pas de temps.

guerres.soldats.nombreux soldats.vues de combats.cependant les soldats. poursuivaient leur avance.ils progressaient en longues files serpentantes. descendirent dans la vallée et escaladèrent les hauteurs.tandis que l'artillerie arrosait le village le brouillard obsurcissait les effectifs en mouvement. spectacle fréquent.où près d'une quinzaine de cadavres ennemis et d'une mitrailleuse gisaient aussi les corps de cinq soldats.ces cadavres sont souvent anciens.

pas de traces.

lave-moi dit le village.

quand je suis prêt je fais rentrer le village dans la chambre.

je prépare le savon.l'eau froide et l'eau chaude.le village dépose les vêtements sur la chaise.le village plie le pantalon soigneusement.le village met les chaussettes au linge sale.le village aime être nu devant la glace.le village passe de l'eau sur le corps.le village savonne les joues le cou le menton.le village n'oublie pas le dessous des aisselles.l'arrière du genou.les plis entre les fesses.le village réclame du shampoing.le village s'éclabousse.le village prend la serviette sur le radiateur.le village passe le bout de la serviette dans les oreilles.le village passe de nouveaux habits.

tout contre toi le village.tout contre le village tu écoutes ce qu'il dit.tout contre le village ton ventre est curieux de tout.tout contre toi le village fait son ronron.

dimanches.nombreux dimanches.déjeuners du dimanche.longueur des déjeuners du dimanche.

restes.marc de café.épluchures.coquilles d'œuf.citrons coupés.demi-radis. demi-tranches de pain.mouches.nombreuses mouches.mouches qui piquent. mouches écrasées.mouches mortes.mouches en colère.

nombreuses promenades.cailloux sur le chemin.cailloux pour trébucher. cailloux pour se souvenir.

faux serpents.fausses fougères.fausses fleurs.fausses tristesses.

vallée.paysages.décors peints.reliefs.profondeurs.doutes.perspectives.haut.

je m'enferme avec le village.

murs.échelles.haies.escabeaux.nombreuses galeries creusées par les taupes sous la terre.nids de fourmis sous la terre.terriers cachés sous la terre.

terre instable sous le pied des échelles.terre instable sous le pied des escabeaux.chutes.côtes cassées.peau.

dans le puits.
entraînée par le poids des seaux qu'elle remontait.elle bascule et dégringole dans le puits.

sous sa voiture.
celui-là glisse sous la roue de sa voiture qui lui passe sur le corps.

tombant du grenier.allant chercher du bois un autre tombe sur la tête et se blesse.tombé de l'échelle.il perd l'équilibre.il succombe.

centre du village.intérieurs clos.sifflements d'hirondelles dans les jardins. nichées d'hirondelles.coins.recoins.fientes.salissures.fenêtres.se jeter par la fenêtre.

peu de fenêtres.trop peu de fenêtres.disparition des fenêtres.

quand Matouret vient à passer il dit ce n'est pas demain que je vais pouvoir finir.

élimination des nids d'hirondelles.petits plombs.cartouches de chasse.fusils. jeux.

clés.nombreuses clés.portes fermées.nombreuses portes.peur de ne plus pouvoir franchir le pas de la porte.nombreuses peurs.nombreuses malédictions.

maison vide.maison qui ne tient pas debout.maison perdue à jamais.pas de maison.

embêtements.ils avaient son adresse.d'abord ils se sont trompés de domicile.
qui avait pu le dénoncer.ailleurs autres villages.village de la goutte d'eau.
village de la mort lente.
terribles souffrances de l'évadé malchanceux.visite des autres villages.lui qui a été interné gardera l'esprit prisonnier pour toujours.

des années plus tard.village.

calendriers.calendriers sur les frigos des cuisines.calendriers des années passées.calendrier de l'année dernière.calendrier d'aujourd'hui.listes des courses sur les frigos des cuisines.cartes postales sur les frigos des cuisines. photos du village sur les frigos des cuisines.nombreuses photos du village.

loin du village tu dors loin.loin du village tu es là.loin du village tu as les yeux ouverts.loin du village tu regardes au plafond.

nuits toujours.nuits vraiment dures.dormir.dormir longtemps.dormir des années.dormir toujours.ne rien dire.

guéris-moi dit le village.

travail.beaucoup de travail.beaucoup de travail pour rassurer le village.je refais les peintures du village.peintres en bâtiment.chants des peintres en bâtiment.des peintres qui travailleraient sans chanter ça ne se serait jamais vu.n'a-t-on pas toujours entendu chanter les peintres en bâtiment durant la manœuvre de leurs pinceaux.ils mettent une heure à se nettoyer après le travail.

le village reprend sa place.nouveaux chantiers.je m'occupe du village.

maisons nouvelles.habitants nombreux.tout est à sa place.loin.

récits pour entretenir la joie.récits pour attirer l'attention du village.récits pour éviter la mort du village.

contes surprenants.maisons recouvertes de coquilles d'escargot.façades recouvertes de coquilles d'escargot.escaliers recouverts de coquilles d'escargots.il s'agit d'une invasion d'escargots innombrables gros comme des haricots et qui sont sortis de terre.ces bêtes dévorent toutes les semailles.

œufs d'escargot.sexes d'escargot.on avait compris que les escargots n'ont pas de sexe.

coquilles d'escargot innombrables.des maisons sur les maisons.il ne faut pas avoir peur des maisons. il ne faut pas avoir peur de ce qu'on y trouve.avant quand on voyait un escargot écrasé on se mettait à pleurer.

habille-moi dit le village.

je retire les vêtements de la nuit.je dépose les vêtements encore chauds sur le lit.le village met les bras en l'air pour passer le maillot de corps.le village lève une jambe puis l'autre pour accueillir le sous-vêtement.le village s'assoit pour accueillir les chaussettes.pieds nets.pantalon gris.le village boutonne la chemise.le village est prêt à sortir.

rivière.pas si grande rivière du village.nombreux poissons dans la rivière du village.petits poissons.mousse sur la rive.pieds dans l'eau.eau pas si froide. fond glissant de la rivière.pont.unique route passant sur le pont.voitures qui ne s'arrêtent pas sur le pont.quelques camions.tremblement du pont. tremblement de l'eau.tremblement des petits poissons.

faits divers.soirs d'été.s'échapper après le dîner.s'échapper avant la nuit. aller jouer dans les terrains vagues.palmarès des terrains vagues.bien aimer ramper dans le noir.ramper dans les fossés.rentrer l'abdomen et on se tasse. découvrir les maisons.saletés.broussailles.ronces.

maisons abandonnées près du petit bois. maisons de ceux qui sont morts. maisons de ceux qui sont morts n'ayant personne qui se souvienne.maisons hantées.ailes de chouettes.brigands.rencontre des brigands dans leurs maisons de brigands.

bagarres.jeux qui tournent mal.drames.
premier brigand.têtes intéressantes.tessons de bouteille.têtes. mauvais coups.mauvais coups sur la tête.nombreux coups.deuxième brigand.têtes intéressantes.tessons de bouteille.têtes.mauvais coups.mauvais coups sur la tête.nombreux coups.troisième brigand.têtes intéressantes.tessons de bouteille.têtes.mauvais coups.mauvais coups sur la tête.nombreux coups.

et là armés d'une pioche ils en portèrent un coup violent.

roulements des yeux.convulsions.respiration du corps malgré tout qui respire. tuyaux.tuyaux pour respirer.tuyaux pour s'alimenter.canules.perfusions.radios du crâne.schémas du cerveau.sommeil étrange.coma.on dort loin.

fuite des brigands hors du village.arrestation des brigands hors du village. remords des brigands hors du village.demander pardon.pardon.

suite.jugements des brigands.prison des brigands.longtemps prison.
depuis on ne les a plus revus.

lampadaires et forêts.

matin calme.date oubliée.les oiseaux sont aimés.

lieux à part.alentours.pattes de corbeaux.sautillements des corbeaux.où vont les corbeaux.sautillements pas clairs.itinéraires pas clairs.raisons pas claires des corbeaux.

un jour on découvrit Matouret.il a fallu qu'on s'en occupe.ses mains ne savaient pas obéir.

sentiments pénibles qu'inspire Matouret.la tête de Matouret a une curieuse façon de rire.tremblements qui ne préviennent pas.lèvres closes faisant disparaître les joues et la bouche.curieux bruit de gorge.

ellipses.coupes sombres dans le village.

pelouses interdites.jardins bien entretenus.jambes à son cou.déchirures.

vieux.et aussi grand-mères.abandon de la grand-mère.

elle abandonne sa grand-mère qui lui conseille de s'adonner à la débauche. elle n'a pas abandonné sa grand-mère malgré les flammes qui montaient. aussitôt elle a entrepris de faire tout son possible pour la sauver.quelqu'un a abandonné sa grand-mère et il a fui le village.

l'affaire est bien compliquée.

avec le village tu as de la colère.avec le village tu pousses de grands cris.avec le village tu voudrais changer.avec le village il y a des regards.

fais-moi boire dit le village.

quand je suis prêt je sors les verres pour le village.il choisit le verre sale.il boit le rhum arrangé.le village ne compte pas les verres.le village s'endort un peu sur place.le village a bu toute la journée.il souhaite une bonne soirée aux amis.

pendant la fête.coups dans le ventre.

presque morts quelques fêtards.maintenant qu'ils ont repris des forces village.

l'alcool fait du bien.il brûle.

chutes dans l'escalier.grand écart.bleus sur les cuisses.tout le monde était ivre.

elle se trompe de mari en rentrant dans la chambre.toute la nuit quelqu'un a tambouriné à la porte du voisin en pensant que c'était chez lui.

elle a mis ses chaussures à l'envers.il dort sur le bas-côté de la route pendant plusieurs jours.

celui-ci dansait sans pouvoir s'arrêter.en voilà un qui écrivait sur les murs du village des obscénités.celle-là ne se souvenait plus de rien.

remplissage de la piscine.vidange de la piscine.nombreuses piscines.

bitume devant le garage.terre sous le bitume.vers blancs sous le bitume.

bitume plus simple à entretenir que le gazon.nombreux usages du bitume. dépose du goudron.maintenant ils marchent et leurs pieds vont beaucoup mieux.

passage piéton entièrement remis à neuf.c'était l'endroit où se trouvait encore deux hérissons écrasés il n'y a pas si longtemps.l'endroit de l'accident.

confusion des images.seul village.seul lieu.monde entier.voici le village où je suis dit Matouret.

du côté du monument aux morts.du côté de la rivière.du côté de tout.

plusieurs centaines de fois raccourcis.contournements.bonnes routes. mauvaises routes.

fougères vraies.mousse.mousse sur les terrasses.champignons.paniers de champignons.intoxiqués.

elle est morte à la suite du repas où figuraient des champignons.le père seul est encore vivant mais son état est désespéré.rien de plus irritant et de plus lamentable que le retour des intoxications aux champignons.longue série que l'on constate invariablement à chaque automne.un chien et un chat ont été retrouvés morts le lendemain après avoir mangé les restes du plat.terrible catastrophe.

oreilles mauvaises.cris des poulaillers.

aboiements.nombreux aboiements.chiens.un homme continue sa vie en promenant son chien.

coït des chiens dans les parcs.jeux des chiens dans les parcs.os pour les chiens.saletés des chiens.crottes des chiens.nombreuses crottes des chiens. nombreux chiens.

rencontre des autres moi du village.générations de moi.empilements de moi.

célébrations sans précédent.le plus souvent dans le cabanon du jardin.

sièges pliables.sièges de camping.petits tabourets.structures.structures en X. brochettes de viande.côtes de porc grillées.

villages sur villages.cartes immobiles.

cellules d'habitation.parcelles à bâtir.terre de tous.toujours à venir.

reste avec moi dit le village.je n'aime pas être seul.

tout est plat.planches pour traverser les mares.gant seul flottant en surface de la mare.

plusieurs bancs pour la pêche.

.arbre isolé.

crépis gris des maisons.

sans faire attention rue en pente.apprentissage du vélo dans la pente.

fouillant parmi les vieux vêtements Matouret.corps un peu sec.corps un peu seul.corps mal mis.

incapable de mettre une pièce sur un pantalon usagé.aimant les froissures des chemises.les enfilant les unes par-dessus les autres.sous une veste à porter en toute saison.il manque un col et ce n'est pas grave.rien ne va ensemble et tout va à Matouret.une ceinture aurait été la bienvenue.

voilà.

a pris le temps pour se mettre bien Matouret.je ne suis pas trop mal habillé il dit.

légères taches sur la fenêtre.nettoyer.

ramasser des racines.grandes profondeurs.racines jusqu'au bout des racines. sacoches.avec la sacoche en voilà un à qui on a volé tout ce qu'il possédait.

beaucoup de coccinelles.produits miracle.conseils.insecticides.odeurs suspectes dans la chambre.

assassins.assassins du village.petites chaussures devant la porte.réparer la scie électrique.faire semblant.humeurs sanguinaires.scènes de crime.affaires retrouvées.liste de ce que contient son sac.elle était à peine identifiable.

dans le cas où s'exprimerait le désir de s'empoisonner lui-même le directeur de la prison donnerait l'ordre au bourreau de remettre le poison au condamné.si celui-ci n'absorbait pas le poison dans un délai de cinq minutes il serait pendu.la formule du poison n'est pas connue.

.c'est un funeste village.

au village tu es condamné à mentir.au village tu voudrais vivre.au village tu voudrais te souvenir.tu es condamné au lieu.

mariages du samedi.

belle famille du village.mariés depuis longtemps ils ont beaucoup d'enfants. des petits-enfants.et ainsi de suite.sucettes rondes.beaucoup de temps pour accueillir les rides.

vies par les drames.la jeune femme meurt chez un ami de rencontre.ayant abusé des somnifères elle est dans un sommeil profond.c'est en vain que son ami essaya de la réveiller.

allez cajole-moi dit le village.je maquille le village en homme.je maquille le village en femme.je lui passe la crème.je lui caresse la joue les yeux les cheveux.je lui prends la main.je lui touche l'épaule.je lui murmure des mots.je cajole le village.je le recouvre de pétales.

graines.nombreuses graines.graines de carottes.graines de haricots.graines de salades.semailles.plantations.graines de toutes espèces.je fais attention au village.je l'arrose.

infirmité de Matouret.à la suite d'une impression vive et soudaine.c'est une maladie curieuse.quand par une cause quelconque le flot de la parole est remplacé par des aboiements saccadés qui se prolongent pendant plusieurs secondes.seul le travail ou de grands efforts y mettent fin.

ragots du village.nombreux ragots sur la maladie.ils lui faisaient une drôle de guirlande.

il en souffrait assez.

nombreux gardiens.nombreuses intrusions.entretien des pièges.

on aura bien pensé à fermer les volets.qu'on n'entende plus la fête.

grilles.

carnages de pétunias.températures trop basses.

vagues souvenirs.on se souvient du noisetier que le grand-père avait planté on avait passé la tondeuse dessus il avait fallu du temps pour qu'il repousse et faire attention à ce que les chevreuils n'aillent pas croquer toutes les noisettes.

accouchements difficiles.plusieurs.

détresse des nouveaux-nés.il ne sera pas fait d'autre invitation.

naissances dont on n'arrive pas à se souvenir tant il y en a eu.

nombreux enfants parmi lesquels nombreuses petites filles.garçons aussi.

tous sont examinés et pesés.beaucoup naissent en criant.

trop de jouets.jouets sur les tapis.jouets encombrant les sorties de garages.

punitions.

trop d'enfants dans le village.j'emmène jouer les enfants dehors.

le village dit contruis-moi la route.je fais ce qu'il demande.j'essaie de m'appliquer.

route simple.route droite.route qui dure longtemps.

cris des enfants.ventres.mal au ventre.larmes.amis.

école fermée.cour fermée.classes fermées.

pour tous ceux qui n'aiment pas l'école le temps passe lentement.

cylindres qui ne rentrent pas dans les carrés.cubes qui ne rentrent pas dans les ronds.

toboggans en plastique rouge dans la cour de l'école.toboggans en plastique vert.

cartables lancés en l'air.cartables accrochés aux branches de la cour.

carabines fabriquées avec des manches à balais.vols planés.

bavardages.le bavardage est découragé.avec douceur.avec brutalité.

grandes erreurs des bavardages.excès des bavardages.

parler oui mais pourquoi.plus que jamais un brouillard banal et oppressant.

temps passé à trop parler.à force d'entendre sa voix le plus grave est de s'empêcher de penser.

grosses pierres.sérieux des pierres.bruit sourd.qu'est-ce qui arrive.

j'encourage le village.

statue unique du village.monument pas remarquable.tête de saint inconnu. le souvenir s'en est entièrement perdu.culte des saints inconnus.

boucherie unique du village.trois ou quatre têtes de veaux.agneaux en fleurs dans la vitrine.éblouir.

épandages des fumiers.fumées des crépuscules.

.feux.

feux de paille.feux de paille si on veut mais feux de paille dont il faut se méfier. immenses torts faits aux troupeaux.

s'écroulant des falaises de calcaire.érosion.tout peut arriver demain.à moins que le vent et les grandes émotions n'en décident aujourd'hui.on attend des grandes pluies.

nombreux chats errants.chats sauvages.chats timides.chats introvertis.

se cachant par peur des humains.il ne touche plus à rien et ne sait que boire. arrivée d'un chat.

quelques morceaux de nourriture.très bons morceaux.nourriture pour chats et pour tout le monde.

sieste interminable des chats.

enfoui sous les couvertures Matouret.enfoui sous les journaux.enfoui sous la poussière.

presque pas de corps.plus on le cache plus on le voit.

se rappeler des gifles reçues il y a quelques années Matouret.merci à tous ceux qui s'en sont amusés.

dehors les usines de village.

ateliers de mécanique générale.ils ont travaillé.ils ont créé.ils mettent un point d'honneur à se faire.

une personnalité.mains sans gants.mains sans doigts.hommes à la phalange coupée.

barres métalliques posées par terre.tôles plates ou ondulées.chevilles cassées. ça s'est arrangé.

on les trouvera toujours debout.

joies du village.vallon.

grosses roses jaunes.sentiments familiers.vacances.

donner des nouvelles.beaux paysages.les arbres.

nourrir le cheval.nourrir l'âne.faire quelque chose de très démodé.rien.

un abattage quotidien de volailles assurait le ravitaillement des familles.

lèvres piquées par les guêpes au plus fort de l'après-midi.d'abord enlever l'aiguillon de l'insecte.la petite fille fit une grimace.espoir de la sauver.

depuis ce jour-là on n'a plus rencontré une seule petite fille qui ait été piquée. sa table était couverte de guêpes.elles furent chassées successivement des maisons.des jardins et du village.

soleil très lumineux.derrière les rideaux village.

protège-moi dit le village.je lui recommande les manches longues.je l'oblige à porter son chapeau.aux heures chaudes je le mets à l'ombre.je combats le soleil.

Matouret se promène avec la laisse de son chien.Matouret pense qu'il est son propre chien.il se tire lentement au bout de la laisse.il n'avance pas assez vite. marchant en étant pris par le cou.

je suis en accord avec la réalité dit Matouret.donc je ne suis pas tout seul.

je suis bien accompagné.et je suis bien d'accord.je suis un et puis deux aussi et aussi plus encore aussi.et aussi je ne suis jamais déçu.je suis encore plus parfait.je suis libre aussi.et je suis là.exaltation de Matouret mais pourquoi.

village rit.

calme du village.grand fond de bonheur.vitesse limitée.

glissières pour empêcher les accidents.queue à la pompe à essence du lundi matin.

nouveau portail pour le cimetière.

interdiction de fumer.

bassines qui se remplissent parce qu'il pleut.casseroles qui se remplissent parce qu'il pleut.

culs nus dans la bassine.

seaux.

trous.on ignore pour l'instant l'origine du problème.

oh le beau mur blanc.il n'a pas vu les trous dans le mur.

d'en haut je vois le village.d'en bas je vois le village.partout je fais confiance au village.

énorme quantité de temps.tout est malheureusement perdu.

habitudes.laver la voiture.ranger le cric de la voiture.écouter tourner le moteur.

petits désagréments.les cheveux de Matouret abritaient une impressionnante galaxie de poux.

remarques désagréables.

tes lacets sont défaits et tu vas tomber.arrête de bailler sinon tu vas avaler une mouche.

conseils pour le bien de celui qui écoute.

des pères faisaient chaque soir une partie de bras de fer avec leurs enfants pour les rendre plus forts.

principales attractions.jouer avec des pneus.monter sur un petit monticule de terre et rouler jusqu'en bas.pousser la brouette.je transporte le village dans la brouette.

nombreuses cachettes.mais on ne se souvient plus où elles sont.par hasard on en a trouvé une qui ne datait pas d'hier.

bout de village.surface de cinq mètres sur dix.petite surface.petit désir de Matouret.

toujours ces crampes dans les jambes.

terrain de jeux.seul terrain de jeux.tous les enfants.ils grandissent.

habits de leurs pères.hommes énergiques du village.ne pas s'asseoir à leur place.

à l’origine terrassements.premier village.il est assez avancé.

nombreuses fissures.les cassures sont généralement peu visibles.on ne peut rien y faire.

un sol étoilé de nombreuses déchirures a été comparé à une gigantesque vitre brisée.laissant apercevoir le village.

histoire vraie.il y a un début.

voici le plan de la maison de Matouret.

sur terrain arboré.toit plat.murs de briques ou de verre.

parois en bois à l'intérieur.chambre.salle de bain.cuisine.

petits coins confortables.

pas de fenêtres mais grandes portes qui sont comme des fenêtres.
espaces ouverts.

j'espère que la maison lui plaira.

.herbe rare.

.fossés.

silhouettes sortant de la cour.silhouettes regardant passer les voitures. silhouettes courant sur la route.silhouettes fixant l'objectif.sourires apparaissant sur la photo.

images.quelqu'un qui lave un plat ne peut en même temps regarder l'objectif de l'appareil.il doit choisir son camp.

curiosités.violences.on le trouvait éloquent.

il n'aurait pas fallu qu'on fasse trois pas de plus.Matouret aurait rougi de toutes ses dents.

on ne pouvait pas le toucher.on le frôlait parfois.

détails.sens du détail.petits événements.

sens ambigu de l'histoire.on va y arriver.on ne va pas y arriver.

jusqu'à ce que celui-là se marie il ne se coupait pas les cheveux.

pendant dix ans en attendant qu'elle l'épouse un autre non plus ne se coupe pas les cheveux.
elle ne l'a pas épousé.il a fini par se couper les cheveux.

manifestations.slogans habituels.non à la fermeture des petits commerces. non à la fermeture du centre de loisirs.non à la fermeture du bureau de poste.

on peut lire sur une pancarte non à la mort des services publics.

non à la mort du village.

beaucoup de mal au crâne.plein de virus.

de plus en plus.menaces.

la terre devient plus chaude à mesure qu'on s'enfonce sous la terre.

sédiments.sable.fossiles.

petits coquillages.vers les premiers mois de la vie ils disent qu'il y avait la mer.

pour faire du ciment verser de l'eau claire dans la bétonnière.à la fin ne pas oublier de nettoyer et de rincer sinon une couche de béton se forme à l'intérieur.

fascination de Matouret pour le ciment.ses doigts caressant la surface encore fraîche.

lavage des mains.

entraînements pour chiens de chasse.

cisailler la clôture.

tas de bois.amoncellements de tuiles.vieilles tuiles au fond du jardin.vieilles voitures au fond du jardin.vieilles balançoires.

tentations de disparaître.la disparition de l'infirmière est-elle volontaire oui ou non.où a-t-elle disparu.sa maison n'était pas terminée.

salon de coiffure.

charpentes.

devenir.prières.

on n'est plus là.porte fermée de l'église.jésus-christ.

croix.nombreuses croix.chemins de croix.ne jamais s'affoler.

je crois au village.

découvertes.nombreuses découvertes.de toutes les façons village.

derrière le muret.choses répugnantes.charognards.nuisibles.parasites.

amas de cailloux de feuilles et de branches.retenues d'eau.tourbillons maléfiques.

égouts.excréments.énormes étrons.tout est véridique.

grosse barrière à bestiaux.bêtes à viande.

nombreux cailloux sucés par Matouret pour en connaître le goût.

mouillés.sales.terreux.écoeurants.

sucer cailloux après rosée du matin.sucer cailloux après sécheresse de l'après-midi.après coucher du soleil.sucer cailloux après ciels noirs.sucer cailloux après la pluie.

sucer cailloux sans avoir assez mangé.sucer cailloux après avoir trop mangé. sucer cailloux après avoir perdu patience après avoir perdu espoir.après nombreuses contrariétés.

choses qui ne se disent pas.taches sur sa veste.

rêves cosmiques.très rares rêves cosmiques.

peintre fou du village.mais qui peint.écrivain fou du village.mais qui écrit.

chacun choisit sa folie.définition du village.

attention de ne pas assommer les gens avec sa conversation.attention de ne pas se mêler à la conversation.attention de ne pas dire du mal avec sa langue. lui ne sait que le français.

devenir frères.échanger son sang.personne d'autre ne fit jamais semblable proposition.

attendre le car à l'abri.s'il y en a un.

plante les tomates Matouret.et plante les courgettes.et plante les radis.et fait les conserves.

fais-moi passer l'été dit le village.arrange-moi les cheveux.je lui passe le peigne.

amours.accomplies dans le noir.plus ou moins vite endroits où.tout est bon. tous les endroits où.

plaintes du voisinage.parquets.moquettes.escaliers.prés.forêts.

nombreuses relations sexuelles dans le village.pissotière aux formes ondoyantes.

saisons favorables à l'exhibition sexuelle.cerveaux certainement détraqués.

exploits obscènes.sous la table.y mettre le feu.

maisons isolées.apprendre à qui appartenait ces maisons.personne ne sait.

allées qui ne mènent nulle part.gravillons.

il n’est pas prévu d’éclairage public.impossibilité d’aller ailleurs.

il faudrait partir du village.mais pour aller où.

on aurait pu le guérir.on aurait pu le retaper.individus mal en point dans le village.

plusieurs suicides.village qui a échoué ou réussi.il s’en fallut de peu.

rien ne grandit.pas de cercles venant à s’élargir.pas de boucles autour du village.

terrains nus.les terrains du village ne sont pas à vendre.

inaugurer le prochain espace des fusillés.

liste alphabétique sur le monument aux morts.beaucoup de noms des mêmes familles.

au milieu du village tu es là.au milieu du village tu fais du chahut.au milieu du village tu es libre.au milieu du village tu exagères.au milieu du village tu tapes fort.au milieu du village tu as des prétextes.

entrée du personnel.entrée du public.

il faut garder son sérieux.rester patient.

fuites d'eau.flaques.les pieds dans les flaques s'embrasser et appeler à l'aide.

la moindre fuite d'eau peut avoir pour conséquence de faire tout sauter.hier il n'y avait pour ainsi dire pas grand-chose.

je répare la gouttière.je répare le tuyau.conscience scrupuleuse dans les choses.certitude en confiant un travail qu'il sera bien fait.fait complètement. fait à fond.

ici le village est propre.ici le village n'est pas propre.inventaire.relevés.

Matouret sait être un petit bout d'homme une petite femme.par l'épiderme et l'arrière-train en tout point semblable à un être humain.un gros chat un beau gaillard un beau bâton un tas un amas.

il suit sa propre loi.

j'ai saisi le village aux quatre coins.j'ai fait plusieurs tentatives.

je pense pour tout et pour tout le monde.

nombreux volets.plus on approche moins on voit.

serrures fermées de l'intérieur.le soir vérifier plusieurs fois.mettre une chaise derrière la porte.il est presque impossible d'obtenir une fermeture à peu près convenable.

pendant la nuit cauchemars.partout ils réussissent à entrer.comment font-ils. dans la panique on n'a aucune idée.on ne sera jamais tranquilles.c'est une alerte sérieuse.

il se pourrait que le village soit inquiet.

stores.parasols.

mardis matin.

nombreux rangements.nombreux dérangements.pourtant on n'avait presque rien bougé.

fatigue des murs.

glace au-dessus du lavabo.nombreux lavabos.nombreuses glaces.

visages se regardant dans la glace au-dessus du lavabo.

certains se demandent s'ils ont l'obligation de vivre.questions fâcheuses.

journaux.emballages.cageots.objets quelconques.

sucre dans les poches.nombreuses poches.plaisirs.plaisirs du village.

du café dans la tasse.pain beurre.

aspirine.

rester propre.apprendre par cœur des phrases inutiles.

le village reprend une douche.il chante.il a encore de la terre derrière les oreilles.

et voici quinze années.

fantasmes.désirs.petites cuillères.

puis une fourchette.puis couteau.puis une fourchette.puis couteau.et ça passe.

situations mentales complexes.aussitôt que Matouret voit le ciel il dit moi je suis comme le ciel aussi.

ses yeux ne regardent rien ni personne.

éternel retour des nuages.

nuages biscornus.qui prennent la forme d'une mouche.qui se transforment en jument.

animaux auxquels il manque une patte.

nuages en forme de barques.une fois dedans on navigue à vue.

pronostics à tirer des nuages.pronostics à tirer de la couleur des nuages. pronostics à tirer du brouillard.cancers dont tout le monde a peur.grande pluie pendant cinq jours.

les nuages à tête gracieuse sont de mauvais augure pour le succès d'une journée.

le nuage blanc est particulièrement ambigu.

il est démontré que les tirs contre les nuages tendent à arrêter le vent.

nuages en forme de village.lente approche.

ensembles disparates.bouchons ramassés par terre.paquets de cigarettes. mégots.déterrer des tessons de bouteille.sacs plastique.dans un souffle emportés ailleurs.ciels trouvés avec leurs étoiles.elles commencent à peine à se disperser.

fils.linge dépareillé qui n'était pas sec à onze heures.

éboulis.nés d'un éboulement.on trouve des traces de dérapage.

allez ne me laisse pas dit le village.

je prends le village dans les bras.

bon voisinage.mauvais voisinage.

ruminations.

on apporte le merle mort.

je retire les salissures.graisses et traces de sang.je nettoie la peau et le plumage de l'oiseau.

le plumage est séché.

techniques que le village apprécie.soulever l'aile gauche.pratiquer une incision.commencer à soulever la peau.retourner la peau jusqu'en haut de l'oiseau et couper le cou.

allez fais-moi vivre.

je couds la peau comme je peux.

fils d'acier.paille.mousse.bois.reconstituer le corps du merle mort.

yeux de verre.pieds en bois tournés.artifices pour la langue.

le merle n'a pas perdu son bec.

au village on fait disparaître les corps.au village on conserve la peau.
au village tout est juste.au village tout est vivant.

confitures.plusieurs façons de faire.

plutôt que de jeter les fruits trop mûrs on en faisait des confitures.

il arrivait souvent que la confiture bien qu'assez cuite moisisse dessus après quelques mois.

on faisait attention à ne pas laisser couler la confiture par terre.

chevaux délaissés.courage abattu.pronostic sans espoir.

animal étourdi.

pistolet à tige.

gélatine.colle.bouillir.

peaux de chevaux.peaux de chats.peaux de lapins.

résidus d'animaux avec leur bouillon.tendons.tendres cartilages.

confidence incroyable de Matouret.j'ai été un cheval.un chat.un lapin.ils étaient ma vie.

et c'était Matouret et c'était Matouret-cheval et c'était Matouret-chat et c'était Matouret-lapin.

avec le village tu fais comme tu veux.

avec le village tu fais ta tambouille.avec le village tu fais du désordre.avec le village tu fais du miracle.

vrais genoux.

peur de traverser la rue.

œuf dur du village.chacun possède un œuf ou plusieurs.

contemplation silencieuse de l'œuf.en passant doucement le doigt la coquille n'est pas lisse.les deux bouts ne sont pas semblables.en appuyant dessus la coquille résiste.

j'écoute le bruit de la coquille qui casse.je l'enlève par morceaux.je sépare la peau fine restée collée sur l'œuf.j'appuie un peu fort.le blanc se déchire.le jaune a plus de goût que le blanc.il est farineux.

bon appétit du village.l'œuf dur du village n'est pas dur.

observations toujours justes.constructions infinies.

tiens il me semble que tu es du bâtiment et que nous avons travaillé ensemble.conversations.

parfois quelqu'un donnait un coup de main.parfois les bras lui manquaient.

volait une horloge.volait une table.

objets inutiles.ce qui est avant moi est inutile dit Matouret.et d'abord c'est oublié.

j'ai volé un objet inutile et je l'ai caché au fond du trou.

on le crut.on n'entendit aucun ricanement quand il dit ça.

minutes perdues du village.nombreuses minutes.on n'arrivait pas à faire mieux que le silence.

certaines bêtes digèrent le silence.puis relâchent leurs intestins.

tout ça tombe au sol et germe facilement.

blés en herbe.verts flamboyants.orge des rats.merveilles.

fais-moi voir dit le village.je lui choisis des lunettes.je dessine des formes.je mets des couleurs.

tout est grand.

langues mystérieuses.

le village trouvera.

nombreux chardons.violettes séchées.beaucoup de brume.

dents de lait.dent de lait offerte par une amie d'enfance.qu'on garda longtemps.méthodes pour lui voir la pointe des seins.le village était encore jeune.vœux.répéter plusieurs fois.noyaux de cerise.

nombreux noyaux tombés par là.terres fertiles du village.

pommes de terre germées.

avec le village tu prends le temps.avec le village tu sais que ça viendra.

avec le village tu ne rateras pas ton coup.

bêtes en mouvement.angoisses du matin.angoisses de cinq heures du matin.

recouche-moi dit le village.je lui donne la paix.je calme le village pour qu'il dorme encore.

je lui donne son repos.

grâce au village je ne dors pas dehors. grâce au village j'oublie mes idées de voyage.

grâce au village je suis enterré par le vent.

reprises.

toujours les mêmes promesses de changer.

températures glaciales.leurs corps étaient gelés à tel point qu'il fallut leur desserrer les dents avec un petit outil pointu.grandes sécheresses.on en retrouva plus d'un perdu au soleil.scléroses.quand ils furent pris de douleurs toutes spéciales.quand ils ratèrent leur grand écart.quand alors on ne put.se prononcer sur leur état.

et ce n'était vraiment pas de chance.

pieds.nombreux pieds.

courant dans un chemin en dévers quelqu'un.

aurait pu tomber.

éclairs.

des alertes et du danger.

guerres d'une demi-heure.

rumeurs.radios trop fortes dans le village.

chaque année des accidents surviennent.on dit ça en riant.tout est normal.

grande activité.échecs.nombreux échecs.embuscades.où sont les bottes.où sont les poils.

lorsqu'on arrive pour intervenir.tout est fini.

on ne sait pas qui est passé par là.

aucune plaque.aucune indication.

dans une ornière se trouvèrent pris les hommes et les chevaux.un pauvre cri.

joues qui piquent.disputes.raisons de Matouret.raisons du village.

le village dit c'est Matouret.il nous fait peur.il faut le faire partir.

alors je mets de l'ordre dans le village.je le prends au sérieux.je rappelle les règles.

conditions absolues de son existence.réconciliation du village.

avec une écharpe j'enveloppe le cou du village.rien ne doit l'abîmer.

il y aura bientôt trente-sept ans Matouret est né.le village est sans âge.

travaux d'élargissement du trottoir.

trop de maisons fades.trop d'odeurs fades.formes basiques.modules préfabriqués.

couleurs mates.chaises paillées.

beaucoup de visiteurs passant le bout de leurs pieds aux racloirs.

tapis-brosses.paillassons.recouverts de terre.règles pour aller à l'intérieur des maisons.

sous les meubles chercher les pantoufles.on perdait un temps fou à les retrouver.

chaussettes égarées.on hésita longtemps avant d'en racheter.

.

pans de mur.nombreuses fleurs en pot.le coquelicot n'est pas une fleur en pot.

liens insuffisants entre les choses.

tout est le village.tout est là.

nombreux achats.achat d'une voiture.achat d'une ferme.

ce que les choses ont coûté.c'était toujours trop cher et ça prenait trop de temps.

voiture inventée.ferme inventée.portes trop étroites.portes inventées.

anciennes techniques.tracteurs rouillés.piétiner des morceaux de ferraille.

l'arrosage automatique avait permis de grands progrès.la laine de verre est efficace contre le froid.

là.on a vu la peinture s'écailler rapidement et se comporter aussi mal que possible.petits enfants mangeant la peinture car ils en aimèrent le goût.
se portèrent bien pendant les premiers jours puis dépérirent et parurent souffrants.

douleurs abdominales.

souffle entre les dents.tremblements.lèvres très mal en point.mouchoirs et crachouillis.

vieilles douleurs.mauvaises mines.plats d'épinards.on quitta la table au milieu du dîner.

draps mouillés par la transpiration.se nourrissant de pain frais.la santé du malade se dégradait sans qu'on s'en aperçoive.tout à l'heure je mettrai les fleurs dans l'eau.

beaucoup de poussière revenant sans cesse.fais quelque chose dit le village.

j'aère les chambres des maisons.je passe l'aspirateur.je change les draps.

pendant des jours le village garda une figure très pâle.

j'offre.chaussures qui n'ont pas de prix.bonnet de laine.

comment Matouret tue la bestiole on ne sait pas.

il préfère qu'elle soit petite.pensant qu'elle ne fait pas attention il la tue.

tandis qu'agonisante il lui coupe les pattes.alors il pleure beaucoup.

il murmure c'est très long de se débattre contre la mort.épouvantable.

petits gâteaux.grandes assiettes.un paquet de farine.un peu de viande.

le robinet de la cuisine laisse passer un mince filet d'eau.

depuis Matouret reste là avec son idée fixe.on ne peut pas savoir toute la besogne qu'il a faite.

il dit.

ce que je devais voir je l'ai vu.ce que je devais comprendre maintenant je le sais.

j'ai voulu tout et pour tout le monde.

chansons consolantes.broderies dorées.bouquets de mimosa.coussins blancs.
et voilà le doux trésor.

moule à gâteaux.emprunter le tournevis.le bébé tricote avec ses jambes.

vies courtes.vies brèves.fraisiers grimpants.très peu de pensées.

deux fous jetaient leur mobilier sur la tête des passants.

embrassades discrètes.feuilles mortes.chaussures qui glissent sur les feuilles mortes.

nouvelles branches tombées.pommes.

pommes particulièrement difficiles à croquer.pommes à jeter aux vers.

tous les bruits.carnavals.

reines d'un jour.ayant eu souvent à escalader des chaises.à jouer des coudes.

manteaux de velours.pierreries.coiffées du diadème étincelant.

on l'élut reine d'un jour au milieu d'un enthousiasme délirant.elle avait un sourire qui lui allait bien.applaudissements sans fin.acclamations mille fois répétées.

corbeilles de glaïeuls et d'œillets.

beaucoup de présent.beaucoup de précautions.

nouveaux plans pour reconstruire.gymnase.restaurant.clocher.

géométrie.une ou deux grandes verticales.

bases sûres.éléments sûrs.puis jointures.

nombreux bienfaits.bienfaits pour tous.j'amène l'eau et le gaz.je creuse des tranchées.

je mets à jour les vieilles poteries.un peu moins de prudence.on gratte.

nombreuses explorations au hasard.vies privées du village.drôles de types. quelques punaises.

nombreuses ficelles.lacets.cordelettes du village.

recensement des ficelles.ficelles pour emballer les paquets.ficelles pour remplacer les bretelles.ficelles pour remplacer les ceintures.ficelles pour faire des nœuds.ficelles pour suspendre le jambon.ficelles pour suspendre le saucisson.ficelles pour retenir les cerfs-volants.le bon ordre exige que les ficelles soient ramassées.dans l'obscurité les ficelles laissées par terre sont un danger.

cordelettes pour se tenir au clou.cordelettes pour se pendre.

ces cordelettes ne sont pas à moi dit Matouret.pourquoi elles seraient à moi. je ne vois pas.

frissons au hasard.se laisser faire.

sans faire attention doigts jetés dans le hachoir à viande.doigts coupés en allant chercher du bois.

doigts tordus.doigts dans la gorge.on aimait les grosses bagarres.

personne très aimée du village.

elle était toujours en pantalon.l’apparence physique n’avait pas d’importance.

elle avait des misères.elle aimait autrement.ceux qui venaient pour la voir ne la voyaient pas.

on se souviendra qu’elle offrit un poste de radio à un aveugle qui ne pouvait se livrer au travail.

rez-de-chaussée.dessus de lit en satin.légumier en étain ouvragé.grande coupe en céramique.

aux enterrements tout le village.les derniers moments sont rapides.

dimensions nécessaires.il s'en fallait de vingt centimètres.celui-là avait creusé une tombe trop petite pour lui.rien n'arrive par soi-même.on dut attendre une demi-heure que la tombe fut agrandie.les parois de la fosse auraient pu s'ébouler à tout moment.

nombreuses inscriptions sur les pierres.peu de choses.

rubans dont on ne sait plus s'ils étaient roses ou verts.cercueils noircis.il y a des morts dedans.

personnes respectables.dévouées.assidues.il était à terre le pauvre pépé.

juste nombre d'années.véritables soulagements.fins prématurées.sa fin prématurée ne lui aura pas permis de mettre la dernière main à des travaux d'une grande importance.

fleurs fanées.l'histoire n'a pas eu lieu.

attendant le passage des saisons.rendu stupide.reste pris dans sa pâte épaisse Matouret.

buvant.mangeant.regardant.regardant au mur un tableau.une vaste composition.

tiges.touches tournoyantes de violets et de bleus.

formes qui donnent l'impression d'avancer puis de s'éloigner.

.échos.

comprimés à dissoudre dans l'eau.

quelqu'un voit de la télévision.quelqu'un parle tout seul dans la rue.

quelqu'un entend l'invisible qui lui répond.qui le tutoie.

murmures qui glissent.béatitudes.le ciel restera lumineux.

.gracieuses têtes.

se passant du soleil.chaussée détrempée.caves désertes.pianos éteints.

à l'automne le village demande son feu d'artifice.ce n'est pas la saison. saison grise.

sonnettes à la porte.rares visites.se réjouir.

je regarde par derrière les rideaux.d'abord je me trompe de clé.ouvre-moi dit le village

je demande qu'on retire ses souliers.je prends le manteau.j'invite dans la cuisine.il y fait plus chaud et j'ai préparé la brioche.farine.lait.beurre.sucre.

bribes de musique.

suite de détours.rigoles.goulottes percées.descentes d'eaux pluviales.

irrésistible attaque de moustiques.balcons garnis.

réchauds à gaz.éviers.

planches à découper.blessures à l'oreille.les blessures les plus graves ne sont pas celles-là.

pannes.pannes électriques.les pannes électriques sont les plus inquiétantes.

on n'avait plus envie de faire l'amour.d'écrire.de parler.

chacun se plaignait de ses propres défaillances.quatorze heures.

assis devant la maison Matouret.mauvaise barbe.

prudence et patience.beaucoup de prudence.beaucoup de patience.
il se pousse à continuer.

nombreux découragements.espoirs qu'on abandonne.carreaux cassés.
le mastic ne suffit pas.

chambres aux angles écoeurants.bêtes proportions des choses.

je cherche mes outils.je les ai égarés quelque part.

choses incompréhensibles.

comment disparut une maison qui ne brûlait pas.c'est un mystère.

un jour on sortit quelqu'un de son lit en pyjama et on ne l'emmena nulle part.

fantômes dont le village ne devrait pas avoir peur.vieilles poupées.vieilles valises.

greniers mal aérés.odeurs irrespirables.renfermé.

on ne retrouve pas ce qu'on cherche.ce doit être ailleurs.

physionomies vagues.personnes peu reconnaissables.

pas de définition claire et précise.on constate des erreurs dans le village.

dos qui ont l'air d'un ventre.yeux étroits.nez sans relief.mentons effacés.
crânes peu développés.

femmes trompées.
l'une d'elles dit mon prénom ma voix mes seins tout me manque.

hommes désespérés.on dit il est devenu papa et n'a pas encore pu voir sa fille.

la dernière fois qu'on voit Matouret.allumant un briquet volé il est gêné par la lumière.

érosion anecdotique des talus.

maisons sans porte.erreurs des architectes.

matelas à sécher sur le bord des fenêtres.temps instable.quelques craintes.

lampes peu éclairantes.vases étriqués.lits à déblayer.

au bout d'un moment on ne savait plus très bien où dormir.

pénuries.toujours des pénuries.manque de combustibles.
problèmes domestiques.

allez réchauffe-moi fait le village.les murs ne me tiennent plus très chaud.

je cherche de mon côté.je trouve le charbon.je trouve le fuel.

poussées de fièvre.nombreuses poussées de fièvre.petits boutons qui grattent le village.

pour le rassurer je l'appelle par son nom.je le laisse se remettre tranquillement.

je suis venu au village.je viens et je viendrai.que faire le jeudi.

liserons.capucines.vagues ressemblances avec la violette.elles aiment la gymnastique et se plaisent à grimper.capucines lançant des éclairs.états de folie misérable.

poules se cachant la tête dans un carton.poules traversant la route.
mauvais réflexes.

divagation des poules.sursis.

lapins vivants.

maintenant on épluchait des pommes de terre.ombre du couteau au soleil.

multitude d'orties.orties bonnes ou mauvaises aux cuisses.
grands plaisirs du savoir.

chacun saura qu'on se pique aux orties dont on fouette les autres.

chacun saura qu'elles forment une excellente nourriture.

bonnes ou mauvaises expériences.les orties sont à tout le monde.

dernières fois.scènes d'adieux.chienne préférée.chiots étouffés dans un sac.

les chiots sont partis sans prévenir.les enfants dormaient encore.

comme si tout allait bien.et comme si son contraire.

velours.bois.métal.nombreux miroirs.le village est heureux.malheureux.

belles maisons sur la grand-place.

particulière affection du village pour la grand-place.
il y faisait bon même à l'ombre.

grands arbres tels que Matouret les aimait.

bancs pour les amis.pourquoi Matouret n'aurait pas eu le droit de s'y asseoir.

nombreux reflets.signes indéchiffrables.

quelqu'un contemple la fleur blanche qui flotte à la surface de son verre.

lune pleine aux trois-quarts.pylône à haute tension.

.grand tilleul.

Achevé d'imprimer en novembre 2024
par Pulsio Print
impression U.E.
dépôt légal : 4ème trimestre 2024
ISBN : 978-2-35963-150-0